私、変わりものなんで。

小山幸男
KOYAMA Yukio

文芸社

もくじ

挿画　小山敬之

第一章　迷い道

故郷

今から八十年も前のことである。

私の家は、周囲《まわり》の土地より低いので、雨が降ると家を取り巻く溝は水はけが悪く、続けて降るとあふれるばかりか、道路にまで上がってしまう。すると、子どもたちは大喜びで溝の中に入って魚とりに熱中する。どじょう、鮒《ふな》、ときにはウナギがざるの中に入ってくる。子どもたちの歓声が響き合ういっ時であった。

この土地は、自然がいっぱいなので、気をつけて見ているとおもしろい。

春はれんげ草の花が田んぼやあぜ道一面に咲き乱れる。いつまでもこのままでいてほしいと願い、両手にいっぱいに摘み取ったものだった。

夏のある晩、寝苦しさに雨戸を開け、涼んでいた。すると、どこから飛んできたのかホタルが一匹、蚊帳に止まってピカピカしている。じっとそれを見ているうちに、眠ってしまった。

　秋は、赤とんぼがその数、何百いや何千だろうか、私の頭上を飛ぶ。ぶつかり合うことはないだろうか。目をこらしてみると、それぞれ高度が違ったところを飛んでいる。ふっと悪戯《いたずら》にパチンコを打ってみた。すると、あれあれ当たって落ちてきた。かわいそうなことをしたもんだな。運が悪いのは人間だけではないんだ。イナゴの数も目にあまるものであった。

　冬は干上がって水一滴もない切り株だけの田んぼに、ポツポツ穴があいている。なんだろうと思って見ていると、「その穴を掘ってみな」と言われたので、掘ると、なんとどじょうが出てきた。おもしろくなって、私は熱中したものだった。それにつけても、穴をふさいでおけば、どじょうも人間に見つからなかったであ

ろうに。

その当時、私の家の周りには、六、七歳の子どもだと、中に入ってしゃがんだらすっぽり隠れてしまうような、大きくて深い甕《かめ》がごろごろ転がっていた。

なんでこんなものがあるのかと父に聞くと、

「これは仕事で使っていたんだよ、染め物屋をやっていた時にね。その前には機屋《はたや》（織物）をやってたんだけど、結局農業に替わったんだ」

と言った。

「どうして替わったの？」と聞いたが、父はなにも言わなかった。染物屋は祖父がしていたが、私が生まれた時には、祖父はすでに亡くなっていた。

町（現在は市）の西の方角には五十軒近くの家が点在しているが、南の方角には家はもちろん樹木すら一本もない。各農家の耕作地である。

そこはまた、「狐の嫁入り」が出現するところでもある。

夜になると、あたり一面真っ暗で、なにをされてもわからない。

時刻は八時を回った頃だろうか。

前触れもなく、なんの音もなく、ポッと光の玉が現れた。電灯の灯りよりも、いく分か赤みがかっている。大きさは小皿ぐらいだろうか。

私たちのいる場所から五十メートル、いや、もっと離れたところだろうか。なにしろ、真っ暗だから、どのくらいの距離かわからない。

ポッポッポッポッと光の玉が生まれると、横一直線に、玉と玉の間隔は同じで光っている。「うわーきれいだな」と、みんなで褒めると点滅が始まり、やがて消えてしまう。

また、四、五十秒経つと、また同じことを繰り返す。

単純な現象ではあるが、「これが狐の嫁入りというものだよ」と、年寄りから教えられた。

狐の嫁入りの話は、日が経つにつれて、あんなに騒がれていたのに興味がなくなったのか、誰も喋らなくなった。

このような隠れ里のような農村で、私は少年時代を過ごすことになる。

進学か、就職か

その頃（昭和十年代）は、一クラスの人数が六十名だったが、上の学校（今の高校）

へ行く者はごく少なく、一割程度だった。あとの九割は小学校を卒業すると、その上に高等科というのが二年あって、それが終わると、家の事情によるのは言うまでもないが、働きに出た。農家の子は家の仕事を否応もなく受け継ぐ。農家以外の子は、商店に年季（人を雇う約束の年限）奉公に出したりしていた。

ある日のこと、教室で担任から「進学する者は手を挙げるように」と言われ、農家の息子だが、進学を希望していた私は手を挙げた。

「おお、小山もかよ。百姓っぺが上の学校に行くのかよ。百姓をやるのには学校なんか関係ないのにな」そう言う者もいたが、「いいなあ」という声も微かに聞こえた。

担任も担任だ。みんなの前で聞かなくてもいいのになあと思った。

それからが大変であった。

家に帰ったらなんと言おうか。黙っているわけにはいかない。どうしようかなと、思案にくれた。

家に入ると早速、母が「なにかあったのか。言いにくいことか」と先回りしてきた。

「ううん、実は上の学校に行く者は手を上げろというから手を挙げちゃったんだ」

叱られるのは承知でそう言った。

「そうかい。それで何人いたの」

「六人だよ」

「農家の子はお前だけだろう」

「うん。商店の子が三人、勤め人の子が二人」

母はしばらく黙っていたが、

「行きな、行きたいと手を挙げてしまったんだものな」と、半分笑いを含んで言った。

ああ、よかった、と、私はほっとした気分で父の顔を見ると、苦い顔をしていた。

たぶん、周囲の人の口がうるさくなるだろうと考えていたに違いない。


私の進学の話が持ち上がった頃であった。周囲から意地悪と妬みと思われる感情がポッと現れた。その被害者となるのは、なんと私の父母であった。

「なんで、そんな意地悪をされなければならないのか？　これまで、こんな嫌な思いはしたことがなかったのに」

と父は納得がいかなかった。

だが、ある日、「そうか、そのためなのか」と思い当たることに気付いた父は、絶えず母に当たり散らすようになった。

「おめえは馬鹿だ。周囲ではなんと言っているか知っているか」

父は内面《うちづら》は悪いが、外面《そとづら》は結構良いので、人は遠慮がちに、しかし意地悪く言っているようだ。

「幸《こう》ちゃん（父の呼び名）は、息子を上の学校にやっているんだから立派だよな。村一番の財産家と同じことをするんだからな。俺にはそんなことはできないよ」とか、

「月謝を払うんだから大変だよな」とか、

「卒業すると銀行員かね。それとも会社員かね。俺たちの生活はどんなふうに見えるんだろうな」などと言い、最後には必ず、「お宅は母ちゃんが偉いからな」などと皮肉めいた言葉で締められ、周囲の僻みは尽きないようだった。

農家の収入は、どこの家も、ほぼ同じとみて間違いなかろうと思う。農作物を市場に出してお金にする。しかし、農作物はいつもあるわけではないから、不定収入である。だから、よその家が変わったことをすると、すぐに妬んで嫌がらせをしたくなるのだろう。

稲が生育するのに必要な水を抜いたり、逆に水を入れなくてはならない時にたくさん

の水を入れられてしまったり……。自分がそういうことをされたらどうなるかわかりきっているはずなのに。父はたびたび意地悪を受けていたのでくやしがり、母に当たりちらしていた。

こんな行為は許されていいのだろうか。

「この村の人は、五十年は遅れているな。考えることが幼稚だよ。お宅じゃ息子さんを上の学校へあげているなんて立派だよ。俺も行きたかったんだけど親がな、そんな気持ちがなかったんだよ。俺はどんなに行きたかったかしれない。裏のYさんみたいな財産家でも行かないんだからな。いろんな役職もやっていながら惜しかったよな。結局、上の学校に行っているのは、財産家のZさんだけだよな。〝出る杭は〟というが、お宅も風当たりが強いだろうな。頑張りなよ。俺がついているから」

と、近所の中には嬉しいことを言ってくれる人もいた。Oさんという人で農業委員をやっている、この土地の人であった。ありがとう。

母は、その話を聞いてこっそり涙を拭いていた。

親への反抗

「俺は、母ちゃんと話したいことがあるんだよ」と、ある日、私は言った。

「そうかい、どんなことだろうね」

母は、私が言い出そうとする内容が気になっていたようだった。

「内面の悪い父ちゃんの性格を、なんとかして変えていきたいと思ってな。古い話をしてみたいと思っているんだよ。あれは、俺が六歳の時のことだったよな」

夏の、それも特に暑い日のことであった。青果市場に出荷した青物の売上金を取りにいくのに、幼い〝二人の子〟つまり私と妹（三歳で死亡）を連れていかなければならない。母が「子どもたちが、かくらん（熱中症）にでもなったらいけないから代わりに取りにいってきて」と父に頼んだが、父は「俺は行けない。今、手を放すわけにはいかない」と言った。その日は、隣の家の葬式が終わった翌日で、後片付けの日だったが、その気があればいくらでも行くことができたのに。

「おめえが行ってこい」と父が言うので、仕方なく母は二人の子どもを連れて出かけた。

二人乗れる大きな乳母車に妹を乗せ、私が妹の頭に手をかざし日陰をつくって、母が傘をさして、カンカン照りの道を行った。

帰ってくると、私も妹もぐったりして、畳の上に横になった。そして眠ってしまった。どのくらい経ったのだろう。叔父さん、近所のおばさん、医者と父と母。（みんな、なんでいるんだ？）と私は思った。

叔父さんは、私が気付いたのを見て、「俺は、この先生に病気を治してもらったんだ」と言っている。おばさんは、「先生に子どもたちを診てもらいなよ、幸ちゃん」と父に言っている。父と母はどうしたものかと思案している。でも母は断ろうとしている。

医者は外科医で、熱中症の子どもを診るには、どう見ても不自然だ。それも妹は三歳の幼児だ。小児科の先生が近くにいるのに、どうして呼ばないんだろう。この外科医は叔父さんが呼んだに違いない。私たちはかくらんで吐いたりはしたが、目がさめて二人ともおせんべいを食べはじめた。

すると、外科医は無表情な顔で、いきなり妹のおせんべいを取り上げた。妹は「こわいよう、こわいよう」と泣き出したが、そんなことはお構いなしに太い注射器を出して、小さな腕に差し込んだ。妹は「痛いよう、こわいよう」と泣き叫んだ。

外科医は、「これは大腸カタルだ」と言うと、帰っていった。

私は怖くなって逃げてしまったから、こんな思いをしないですんだのだ。妹よ、悪かった、勘弁な。

妹は「こわいよう、こわいよう」という妹の声は、いつになってもやまない。

「こわいよう、こわいよう」を最後に死んでしまった。

私はその時、大声で怒鳴った。

「この馬鹿医者め！」

葬式の日、妹は、小さなみかん箱のような棺に入れられてしまった。

私は、その棺を抱えて、「いやだよ、いやだよ」と泣き叫んで、離さなかったんだ。

叔父さんは「あの子は、これまでの寿命だったんだよな、兄貴」と言っていた。そして、「兄のほうはこうして生きているんだもの。あの先生の世話にならなかったらどうなっていたか」と私に言った。叔父さんは、自分が悪かったなんて思ってはいないようだった。

それよりも父の態度。あれが親の心か。子どもを守ってやるのが当然じゃないか。

専門外の医者の的外れの診断だったにもかかわらず、医者のするがままになってしまっていたんだ。

「熱中症はよくなったのだから注射はやめてくれ」と言うのは医者に対して悪い、失礼だと思ったのか。でも、そんなの親と言えるか。親であったら、喧嘩してでも子どもを守るものだ。

私は、憤慨しているんだ。この話は、昔のことなんだから忘れてしまいたいと思っているとしたら、とんでもないことだ。死んだ妹が浮かばれない。じゃあ、どうしたらいいんだということ、それが生きている者の考えることだろう。

父も、このことにはだいぶ心を痛めたことだろう。でも、まだまだ勝手なところがあって、それが家族の悩みになっているとは気付いていないのだ。ワンマンだからな。

多忙な母に野良仕事を手伝わせておいて、時間を気にしないどころか、母が「夕飯の支度だから上がるよ」と言ったって、「まだ、いいじゃないか」といった具合に、自分勝手なことを言い出す。相手が家の者だから強気に出られるんだろうな。

ただ、他人のこととなると、まるっきり違う。こうしたら悪かろうという考えが働くんだろうな。

ああ、母ちゃん。俺、親にえらい説教めいたことを言ってしまったけど、ごめんよ。

こんな昔のこと言い出すんじゃなかった。私でさえはっきりと覚えているんだから、母ちゃんはなおさらのことだろう。

妹静子の死後、月命日には、母と私は欠かすことなく墓参りに出かけた。

「静子や、母ちゃんが悪かった。ごめんよ。どんなに痛かったろう、怖かったことだろう」

母は墓に向かって必死に話しかけていた。

「静子。俺が死んだら、ほら、ここだよ」

私は、そう言って墓場の土を叩いた。すると、泣いていた母が、

「なんてことを言うんだ！」

と、私の顔を叩かんばかりの形相になっていた。

「おめえ、今日もまた墓参りか」

ある時、珍しく父が墓へ出かけていく母に声をかけた。

雨の日、風の日。暑かろうが、寒かろうが、母は我が子の墓参を欠かすことはなかった。

「紺屋（屋号）の母ちゃん、気が変になったんじゃないか」

　と、噂されるほどだった。


「ところで、言いたいことというのは、学校をやめたいということなんだよ。母ちゃんが、いろいろ工面して学校へやってくれたこと、嬉しかったよ」

「なにを言うんだい、母ちゃんは工面の名人なんだよ。そんなことを気にしないで、学校は続けておくれ」と、母は私の提言を遮った。

「すごくありがたいことなんだけど、俺には別に考えることがあるので、どうしてもやめたいんだ」

「やめてどうするんだ」

「働くんだよ。働きながら学校に通うんだよ。若いから平気だよ。やり通してみせるよ」

　息子はこれほどまでに成長していたのかという驚きを、母は秘かに感じたようだった。それと共に、「この家が農家でなかったら、定収入を頼りに安定した生活ができ、この子を学校にやることもできたのに」と思わずにいられなかったと、後年母は悔やんだという。

第二章　青春時代

就職

私は、これまでの学校を退学して夜間の高校に編入しようと心に決めた。それには交通の便が良い所を選ばなければならない。いろいろ調べてみたら、東京の水道橋の駅の近くに学校があることがわかった。駅を出て学校の玄関まで徒歩二分とはかからないだろう。

通学するには、京浜東北線の秋葉原で乗り換え、中央線で御茶ノ水、水道橋と、二つ目だ。

近くには、神保町の古書店が軒を連ねている。大学も数校あり、いたって環境のよい所である。

勢い込んで、学校をやめて働くんだと言った手前、私は、一日も早く定職をつかみたいものだと、新聞の求人欄を見ては面接に出かけた。

するど、即時採用、明日から来てくださいと言う。生命保険会社の時は「やめなよ、保険の勧誘というのは大変なんだから」と知人が言ってくれた。化粧品販売、食品販売も同じことを言われた。

やる気満々の私としては「なにを言うんだよ。俺がやろうと思っているのに」と言いたくなる。

とかく若い者、特に私は性格に短気なところが多分にあるので、「これではいけない、直さなくては」と自分で承知している。冷静に考えると親切で言ってくれているということがよくわかるのだが。

今度は、これまでとは違った方向の求人広告が目に留まった。手先仕事と書いてあったので、これは、どんなことをするのだろうと興味が湧いてきた。

連絡をして急いで行ってみると、そこは工房だった。あたりを見回すと、面接希望者はどうも私一人だった。

ここの責任者であろう人は、私を見ると、いきなり壺と画用紙と鉛筆を持ってきて、「この壺を描いてください。時間は四十分です」と必要なことだけ言うと出ていってしまった。

　四十分経つと再び責任者が現れ、今度は粘土を持ってきて、「これを作ってください。時間は五十分です」と言うと、また出ていってしまった。

　五十分経つと、また現れ、壺を手に取って、独り言を言いながら眺めていた。

　そして、いきなり「合格です。明日から来てください」と言った。

　粘土に触れたのは子どもの時以来なので、なんだか懐かしくなって、どんな仕事をするのだろうと、明日が楽しみだった。


　どんな仕事をするのかワクワクした気分で待っていると、あの責任者が掌にのる小さな塊を持って出てきた。なんだろうと見ていると、それを三つの部分に分けた。下の部分、左右から寄せて合わせると、内側はへこんでいて、なにかの型なんだなと初めてわかった。その型に液体を流し込むと、すぐパッと伏せる。それを自分の手の届く範囲に何個も作っていく。型の中へ流し込むドロドロした液体がなんなのか聞くことができなかったので、残念だがここに書くことはできない。

　そして、乾くと、その型というか、枠というかを外す。やっとわかった。これはコー

ヒーのミルクを入れる器なのだ。

しかしこれが上手と下手の違いなのである。うまくやらないと、枠を取り除くときにヒビが入ってしまう。特に取っ手の部分はとても細いから、どうしてもヒビが入ってしまう。一日やっても満足なものは十個とはできない。

どういうふうに型を抜いたらいいのだろうか。私はどうしたものかと、悩み、考えた。

壺を描かせられたり作らせられたりして採用されたのだ。続けようか、辞めようか。

いや続ける。あの細い部分にヒビの入らない、見事な抜き方を考えてみるぞ。と、ひとり心に誓った。

それから五日後、作業員のひとりが、小声で「この作業場も、そんなに長くはないようだな。俺たちも、次の仕事を考えなくてはな」と、教えてくれた。

ショックだった。続けようと心に誓ったばかりだったのに。

ある日、私の家に知人のIさんがみえた。役職は常務らしいが、本人から直接聞いたのではない。静かな、人好きのする人である。それだから話しやすく、なにか相談に乗ってもらいたい感じすらする人であった。

私が職探しに奔走していると聞いて、

「それじゃ、うちの会社に来たら」

と言ってくれた。

以前から「あの会社に入れたらね」と内々《うちうち》で話していたので大喜びした。

早速、会社の事務所に出かけていった。

「あのう、Iさんにお会いしたいのですが」

「どんなご用件ですか」

窓の近くにいた女の人はそう言いながら、私に近づくと怪訝な顔をして、「あの、どんな？」と重ねて聞いてくる。

年端もいかない若い者が、役職者になんの用かと思ったのだろう。ましてや、この会社に入る者が常務に会いたいなんてどうしたことか、と思ったのだろう。でも女の人は、

「はい、ちょっとお待ちください」と言って、隣の部屋に入っていった。

　すると、間を置かずにIさんが現れた。

　Iさんは私の顔を見ると「おお」と一声言って、外に向かって歩き出した。私も遅れまいと後ろを歩いた。いくつか工場の中を通った。工場の大扉は開けるたびに大きな音をたて、仕事をしている従業員は誰が入ってきたかと、こちらに目を向けた。現れたのが常務とわかると、挨拶をした。そして、どんな用事で来たのだろうと見ていた。そんな似たような建物をいくつも通り抜けて、ついに、目的の建物で立ち止まった。そして現場の責任者と二言《ふたこと》三言《みこと》喋ると、Iさん——常務は帰っていった。

　この時、I常務が「今は事務のほうはいっぱいなので、現場だよ」と言っていた意味が初めてわかった。そこは、織物会社だった。

　現場責任者は、作業をしているみんなを集めると、一人一人を紹介してくれた。

　そして、「この現場では、洗絨《せんじゅう》、起毛《きもう》、縮絨《しゅくじゅう》と分担してやっている。あんたは洗絨だよ。頑張ってな。頼むよ」と言った。

　私は、その言葉を通して、責任者の温かみを感じた。手近にある織物を指して説明をしてくれた。

「洗絨というのは、この織物を洗うんだよ。長さは約五十メートル、幅は約一・五メートルの織物をこの洗絨機で洗うんだ。この洗絨機の中へ苛性ソーダ、石けんを入れるんだけど、洗う織物によって、その割合が違ってくるんだ。だから、石けん水二杯と言ったら、バケツであんたに持ってきてもらいたいんだ」

洗絨機とは、幅約一・三メートル、奥行き一メートル（推定）、高さ約二・五メートル（推定）の箱形で、その中に直径七、八十センチ（推定）のロール形の筒が二個横向きに取り付けられ、その二個の間を織物が通過してきれいに洗われるという仕組みである。

この洗絨機の高さ約二・五メートルの半分は地面下に埋まっている。上のロールと下のロールがともに回って、五十メートル以上もある織物が洗われるのである。

その洗った織物は直径一・二メートルくらいの円形の脱水機にかける。それが終わると台車に載せて乾燥場に運んでいく。乾燥場は高さが二階の天井くらいはある。そこに登って、三人で一つの織物を干す。二人は向かい合って上に上り、ロープを下ろして、織物の端を下にいる者が結ぶ。すると上の二人はその端を、呼吸を合わせて引き上げる。

乾かすところは、ちょうど小学校で見られる、体育用具のうんていのように作られている。

その棒を利用して、長い織物を下に向かって垂れ下ろし、地面につかないようにして乾かしていく。これをダラ干しという。

これが大変な仕事で、まず上ることに抵抗を感じる。長い梯子の先には摑まる物がないので怖さを感じる。ただ、私は三日間で怖さがなくなった。それは、私が上れなかったら相手の人が仕事にならないので困ってしまう、申し訳がないという一心だったからである。

夏場は快適に作業ができていたこの仕事場は、冬になると一変する。

この洗絨機や脱水機のある場所は歩くところ一面がコンクリートで、絶えず水を使っているから乾く時がない。おまけに長靴なども履くことができない。長靴なんて買いたくても売っていなかった時代である。素足に下駄である。靴下や足袋もなかった。

コンクリートで下駄の歯がたちまち減ってしまい、すぐにうすべったくなる。前の歯と後ろの歯が減って、鼻緒のついた板のようになってしまうのだ。

洗絨機から洗い上がった織物を出す時、大きな織物を水の中から出すのに肩のあたりが濡れてしまう。脱水機から出す時も両腕がびしょびしょになってしまう。そのため、なんだか全身が濡れたような感じになる。

仕事が終わると、他の従業員たちは体を温めてから帰っていく。

しかし私には、そんなことをしている時間はない。編入した学校へ行かなければならないからである。

濡れた上着を着替えると食事もしないで、もちろん、そんな時間もないのだが、学校へ行く。寒い日でも、そんなに寒いとは感じなかった。

こうして、滔々《とうとう》と過ごしていった。

それでも不思議と風邪もひかずに、欠席することもなかった。

教師⁉

今日は、天気が良いので、家にくすぶっていてはもったいない。どこかに行ってみようと思い立ち、着替えたりしているうちに、別のことを思い出した。

（そうだ、頼んでおいた本が来ているはずなので、取りにいかねばならない）

そう思うと、もう足は書店のほうへ向かっていた。

店内はとても混んでいたので、思うようには動けなかった。

すると、その人込みをかき分けて、私のほうに近づいてくる者がいる。

「ああ、やっぱりそうだ。僕だよ」

そう言われて、私は、初めてそのほうへ視線を向けた。その人は、同級生の島君だった。

「やあ、しばらく。あれっ、成人式には行かなかったの？」

「いや、行ったよ。会わなかったな。大勢いたからな。ところで、あらたまって話したいことがあるんだけどな」

そう言うと彼は、体を近づけてきた。

子どもの頃、相撲大会に出場したこともある彼のがっちりした体は、青年になって、さらに磨きがかかったという感じであった。

静かな店内で喋ることが人に迷惑になると思ってなのか、人に聞かれたくないというのか、その両方なのか、彼は私の耳元に口を近づけ、「学校の先生にならないか」と言う。

「ええっ」

私は、大きな声を出してしまった。

これまで教師になろうなどと、思ったこともなかったからだ。

「これは、真面目な話だよ」と言って、私の顔を見た。

「いきなり言われて、『はい、そうですか。じゃあやりましょう』とは言えないよな」

とにかく、初めて言われたことなので、どうしたものかと考えていると、

「我々の歳になると、なにかしら仕事をやっている。遊んではいないからな。それでもこうして声をかけるくらい先生が足りないんだ。三日間の猶予をおくから、考えてくれ、頼むよ」

そう言うと、彼は帰っていった。戦後間もない頃で、教師が足りないようだということはうすうす知ってはいたが、教師になるには資格が必要だということも知っていた（この頃、教師になった者は皆、教師をしながら期限付きで教員免許を取得した）。

私は、いい話だなと思う反面、これは困ったなと思うほうが大きかった。

「困ったぞ、どうしよう」

独り言とも、他の者へ呼びかけるとも思えるその言葉を聞いて、

「どうしたの。なにかあったのかい」と母が言い出した。

「学校の先生にならないかと島君が言うんだよ。真面目な話だって」

「そう、先生がいないんだね」

母は少し間をおいて言った。

「それだったら、お前がやってみたら」

「そう簡単に言うなよ」

「いや、本気だよ。私も、お前が先生にでもなれたらいいなと思っていたんだよ」

「俺もそうは思っている。だけど二足の草鞋《わらじ》は履けないしなあ。だから困っているんだよ」

「母ちゃんはね、お前が高い干し場に上って仕事をしているのかと思うと、気持ちが落ち着かないんだよ。間違いがなければいいがと思っているんだよ」

「そんなこと気にしていたら、なんにもできないよ。これまでに事故はなかったけどな」

「それはそうかもしれないけれど、まだ言うことがある。寒いところで火の気もなく、靴下や足袋も濡れるからといって素足に下駄ばきで、腕は一日中肘まで濡れて、それを着替えて、学校に行く。そんなこと、親として見てはいられない」

「気にしてくれてありがたいけど、ほら、この通り元気だよ。学校も休んだことはないよ」

「だから気になっているんだよ。若いうちはそれですむかもしれないけど、歳を取ってからが心配なんだよ。だから、ずっと気にしていたんだよ。そりゃ、お金にはなるけど、そんなことではなく、体が大事なんだよ。

　Iさんに会って事情をお話ししようと思ったけど、会社の人のことを考えると、まずいことだと思ってね」

「じゃ、どうするんだよ」

　私は、いらいらしてくる気持ちを抑えることができなかった。

　会社の人が言い出した。

「小山君は、いいよな。俺たちとこうやって一緒に仕事をしているけど、いつ行ってしまうか。なにしろ、常務の口利きで入ったんだからな。それでなくても、この会社始まって三人目だというから」

「三人目？」

「会社が終わって学校に行っているのが小山くんで三人目なんだ。たいしたもんだと、噂になっているんだよ。頑張りなよ」

休憩の時、先輩のMさんが私のそばに来て、そう励ましてくれた。

にもかかわらず、私は迷いに迷った。

(二足の草鞋は履けない。しかたがないな。思い切って、母ちゃんの言うことに従おうか)

母にこのことを話すと、「そうかい、そうかい。それは良かった」と口では言うものの、笑顔はなかった。

その時、はっと頭に浮かんだものがあった。

自分には、資格もないし、能力もないということであった。まあいい。恥をかけば。

もちろん、資格はこれから取らなければならないだろうが……。

翌日、島君に電話した。

「そうか、引き受けてくれるのか。ありがとう。なんだか自分のことのように嬉しいよ。

校長は、喜ぶだろうな」

そんなわけで、私は、先生になることに心を決めた。

第三章　教師として

初めて小学校に

昭和二十四年四月十五日発令、私は辞令を受け取る。

助教（代用教員）として小学校に勤務することになった。

私の人生が変わるのだと思うと、心がわくわくして、言われた時間より一時間以上も早く学校に着いてしまった。

玄関前に立つと、「やるぞ」と小声で叫んだ。

誰もいなかったが、玄関は開いていたので入った。履物はどこに置こうかと考えて、名前のついていない下駄箱に入れた。

誰もいないので、時間つぶしにでも、と思って校舎内を見学しようと歩き出した。

廊下は掃除が行き届いていた。すると、物陰から高齢の女性が出てきた。咄嗟に私は、用務員さんに違いないと思った。

「今度、この学校にお世話になる小山という者です。どうぞよろしく」

と言うと、

「まあ、先生さまですか。用務員の秋元です。どうぞよろしく」

と、しわがれた声で挨拶をされた。

こんなに早い時間から、玄関の扉を開けたり、窓を開けたり。もちろん、この人の仕事なのだろうが、そのために早く家を出てくるのかな。それとも、この学校のどこかに寝泊まりしているのかな、と余計なことを想像してみた。

もう何時かな、と職員室の時計を見ようと背伸びをしていると、「先生、校長室へどうぞ」という声を背中に聞いた。

誰もいるはずもないのに、と思いながら振り向くと、中年の女の先生が立っている。その言葉に従って校長室に入り、椅子に腰を下ろした。

先生と言われて、なんだか恥ずかしい気がした。

校長室のドアがトントンと叩かれた。中年の先生が開けると、若い女性が立っている。一見して、私と同じ新任者だった。続いて校長先生と思《おぼ》しき人が入ってきた。席に着くなり、校長先生がいきなり話し出そうとしたところへ、もう一人、若い男性が入ってきた。私は、新任は三人なのだなと直感した。

校長先生は、これで揃ったなと思ったらしく、「ありがとう。頑張ってください」と、簡単に言われた。

「ありがとう」って、どういう意味だろう。欠員のところをうめてくれたからなのかな。「頑張って」は、「これから大変だよ」ということかな、と私は勝手に考えてみた。

「校長先生、子どもたちが待っています」と、さっきの女の先生が呼びにきた。

全校集会のために校長先生が朝礼台に上がり、「新しい先生を紹介します」と言っただけで、生徒たちはわぁわぁと一斉に騒ぎ出した。嬉しさの表現なのだろう。

新任三人は、それぞれ二年二組、三年一組、四年二組と担任が決まった。私は、三年一組の担任だった。

後日聞いてわかったことであるが、それまでは、同学年の担任が、自分の学級を担任しながら、担任不在のこの三学級の面倒もみていたのだということであった。

子どもたちは、これまでの経緯《いきさつ》など気にするどころか、教室に入ると席に着くことを忘れたかのように、私を取り巻いた。そして、じっと見つめている。それだけでは物足りないのか、「先生はいくつ?」とか、「どこから来たの?」とか、「結婚しているの?」

などと、口々に勝手なことを遠慮なく言い出した。

気の短い者だったら「うるさい！」と言うところだろう。

（これが子どもというものなのか、三年生の子どもなのか……）

私は、初めて子どもを見たような気がした。


時は過ぎて、音楽の時間となった。

「先生、今度は音楽の時間です。どうしますか」と、二人の女の子が代表して言いにきた。

「音楽って、どういうことをするんだい」と聞くと、「先生がオルガンを弾いて、みんなで歌うんだよ」と言った。

「ああ、唱歌《しょうか》か」と、当たり前のことを言ったつもりなのに、女の子は「変なしゃれ」と言う。

変なしゃれ？

「先生が子どもの頃は音楽と言わないで唱歌といったんだよ。確かに先生がオルガンを弾いてみんなで歌ったな」

「あ、そう。じゃあ、先生、弾けるの？」

「先生は弾けないよ……ちょっと待って」と言い、三年二組の先生に相談してみようと思って隣の教室へ行った。

二組の先生は女性だった。

「男の先生が一組の担任になられると聞いていたから、音楽は私が引き続きやらせていただきます。正式に音楽を勉強したわけではないんですけど。よろしくね」

と言ってくれた。

これで一安心した。とは言え、これからが問題だ。これから先、ずっと教師を続けていくためには、音楽のことも勉強しなければならない。音楽のことは何一つ知らない。子どもよりひどいものだ。そうだ、教えてもらおう。

私は、同僚の先生に聞いてみた。すると、なんとみんな駄目。正式に習ったわけではないからという答えだった。音符の名称などを覚えることは本を見ればなんとかなるが、楽器を弾くことは別問題だ。人が弾いているのを見て覚えて弾くことならできようが、自分一人では不安だった。

困ったな。以前、音楽に堪能な校長が「どうしても困ったときには、救いの手を伸ばすから」と言っておられたことを思い出した。

そうだ、校長に。いや、やめよう。

私は、思いとどまった。

音楽との出合い

ある晴れた日曜日、

「今日は、いい天気だから思い切って出かけてみたら？　お前の卒業した学校のほうへでも行ってみたら？　随分、変わったろうね」

と、珍しく母が、そんなことを言い出した。

私は、押し出されたようにそんな気持ちになった。水道橋には、私の出身学校がある。校門の前に佇むといろいろなことが思い出され、懐かしい。

母校を後に　御茶ノ水の駅のほうへ歩いた。坂道をゆっくり歩きながら、時々聞こえる電車の音に昔を思い出していた。さらに歩いていると、なにか音がする。なんだろうな。なんの音だろうな？

気が付くと足早になっていた。

楽器の音だ。ピアノの音だ。あれっ、女の人の歌う声だ。ドキドキ私の胸が騒いでいる。

とうとう門の前まで来てしまった。

震える手で表札に触る。一文字、一文字が初めて見るものであった。「東京音楽学校御茶ノ水分教場」と書いてある。ここが、あの有名な音楽学校か。私は臆することなく玄関まで歩いた。玄関に出てきた男は、うろうろしている私を、変なやつだなと思ったのか、「誰かに用事ですか?」と聞いてきた。

「別に用事があるわけではありません。あの、音楽を教えていただけませんか?」

と、一息で言った。

すると、「ああ、僕の部屋へ来たまえ」と言って、男はすたすた歩き出した。廊下の左右が小部屋になっていてなにかありそうに思えた。いくつかの部屋の前を通り過ぎ、立ち止まると、「ここが僕の部屋なんだよ」と、にっこり笑った。

部屋に入ると、黒光りする、大げさにいうなら、クジラの子どものようなものが目に入った。

（これがグランドピアノというものなんだな）

生まれて初めて見るものであった。

「僕は、鈴木といいます。このピアノは、プレイではなくレッスンなら使っていいということになっているから、僕は君にピアノを教えましょう。バイエルという本を買ってきてください」

プレイとかレッスンとか言われても、初めて聞く言葉だったのでよくわからない。聞いて見ようと思ったがやめてしまった。

「レッスンは週一回。勤めているんじゃあ日曜日のほうがいいだろうね。三時、この部屋で」

これでもう聞き落としたことはないと確認すると、学校を後にした。

思い悩んでいたことがすっかり晴れて、声を出して歩きたい気分になっていた。

家に帰ると、なによりも先に、

「母ちゃん、今日は素晴らしい日だったよ。母ちゃんが俺の悩みを解決してくれたんだものね。母ちゃんのお蔭だよ。

卒業した学校のほうへ行ってみなと言われなければ、こんな嬉しい話にはならなかっ

た。あの音楽学校のあることを知っていたのかい？」

「いや、知らないよ。知っているわけがないだろう。ただ御茶ノ水、神田には学校が多いから、なにか手掛かりになるものでもあるかな、と思ってね。そう、御茶ノ水に音楽学校があったのかい」

私は、やっぱり親だな、と思わずにはいられなかった。

日曜日になるのが楽しみで、暇さえあれば学校の音楽室に足を運んだ。

ただ物足りないことは、勤務先の小学校にピアノがないことである。六十一鍵のオルガンではタッチが違うので、どうしてもピアノの弾き方にはならない。ピアノだったらなあ。どこの学校でもピアノなのに。この学校ではどうしてオルガンなのだろうな。

私は、正式にピアノを習い始めたから、そんな悩みを抱えていたのだけれど、他の先生たちは気にしていないようである。だから、我慢しようと思った。

そんなことはおかまいなしに、日曜日のレッスンは進んでいく。

あるレッスンの日に、鈴木先生に弾いてもらおうと思って、教材で使う楽譜を持っていった。

彼は「ああ、懐かしいな」と言ったかと思うと、もう弾いている。白い鍵盤、黒い鍵盤を自由に、自由自在に、両手が動きまわる。

強く弱く、もう思いのまま。お馴染みの教材曲が、全く知らない曲のようになって耳に響いてくる。

「僕は、もう三十になるんだ。三十にもなってピアノを弾いているんだよ。学校の先生も少しやった。本当に少しだ。戦争にも行ったしなあ」

私は、鈴木先生から、いろいろ教わりたいと思った。

夏休みが過ぎて二学期になった。子どもたちは、日焼けして、いく分大きくなっている。

音楽の時間になった。

「先生、二組の先生が来るから、オルガンを離れて」

「ううん、もう少しいいじゃない」

「だめ、二組の先生が来るから」

それでも、私はオルガンから離れないで、「さあ、音楽をやろう」と言った。

「あれ、先生、オルガン弾けるの？」と子どもたち。

私は、「春の小川」という曲を弾いた。

「あれえ、あれえ」みんなびっくり。

「先生、オルガン弾けるんだ」

「先生、弾けるのに弾けないふりをしていたんだ。ずるいよ」と言う。でも、みんなニコニコしている。もちろん、拍手を加えて。

こんなに子どもたちは、担任がオルガンを弾けることを望んでいるのか。私は、肩の荷をおろした感じがした。よかった。

三学期には、学芸会というイベントがある。

歌（斉唱・合唱・器楽）、劇、舞踊などで、各学年、各学級は、コンクールにでも参加するような意気込みで、担任教師も児童も一丸《いちがん》となって頑張る。当日はこれを見て、やれどこの学級がよかったと評価する。私の学級三年一組は、歌と劇と舞踊の三つ。歌は、どこの学級も出場するが、男が担任する学級は、伴奏は女の先生にお願いすることになっているようだ。「先生は、どうするの」と聞かれた。「自信はないけど、自分でやってみる」と言ったら、「大変な自信だな」と、嫌味ともとれるようなことを言われた。

いよいよ当日となった。

各担任は、「うちの学級こそ一位だ」というような表情をしている。

私は、教材曲「もみじ」を弾いた。子どもたちも口を大きく開けてしっかりと歌った。「あら、小山先生がオルガンを弾いている」と見ている親たちの一人が小声で話している。「たいしたもんだな」と、珍しい場面でも見たように言っている。

学芸会から一週間後、私は、風邪を引いて二日ほど休んだ。

すると子どもたち六人が、私の家まで見舞いに来てくれた。学校から私の家まで四キロはある。それを歩いてきたのだ。誰も一度も来たことはない。もう四時を過ぎている。私は、気になってきた。

この子たちを送っていかなければならない。

もうじき暗くなってしまうから、ひとりひとり、家まで送り届けなければならない。今の時代のように自動車があるわけではないので、歩いていかなければならない。私のそんな考えなど気にすることもなく、子どもたちは元気に歌を歌いながら歩いた。

私も、寝間着を着替えて歩いた。

音大受験

ある晴れた日曜日の午後、私はとある道を歩いていた。目的もなくあちこち歩いているると、音のする家の前に来てしまった。

(おや、バイオリンの音だ。いい音色だ。うまいなあ)

いつの間にか私は、玄関のベルを押していた。

「ハイ」と返事がして、ちょっと間をおいて男の人が姿を現した。楽器を小脇に抱えたままだ。

「なにか用?」

「別に用というわけではないのですが……お宅の前を通りかかったら、バイオリンの素晴らしい音が聞こえてきたので、失礼と知りながら入ってきてしまいました。あのう、バイオリンを教えていただけませんでしょうか」

と言うと、

「まあ、上がりなさい」と言われた。

「楽器は持っているんだね」

私は、持っていないと言ったら断わられてしまうと思って、「持っています」と答えてしまった。楽器について詳しく聞かれたら、とちょっと不安になった。

「じゃあ、僕がみてあげるから、鈴木鎮一の『ヴァイオリン指導曲集の(一)』というのを買ってきてください。レッスンは週に一回、金曜日」

私は、「ありがとうございました」と言って家を出た。

さあ、これからが大変だ。あの楽器が売れていなければいいが……。

私がバイオリンを見かけた店は、神田神保町にある。楽器店ではなく質店なので、その楽器を持っていた者が、手放したのだろう。楽器店に行けばいろいろあるから、自分で気にったものを手に入れることができることはわかっている。だが、新品は高価で私にはとても買えない。お金のない者の悲しさをしみじみ感じる。

それから三日目の日曜日、早速質店に行ってみた。

（どうか流れていませんように）私は、祈るような気持ちであった。今考えると馬鹿げたことだったなと思わずにはいられない。

店に着くと、すぐにガラス越しに中を覗いた。

「ない、そこにあったのにない」

私は、がっかりして立ち去ろうとした。わずか二、三歩動いて未練がましく振り返るとケースの一部が見える。

ああ、あった。確かにあった。よかった。物品が増えたために見えにくくなってしまっていたのだった。

「バイオリンが好きなんですね」

そう言って、店の人はにっこり笑った。私もそれに合わすように微笑んだ。

バイオリンを持つのは初めてなので、なぜか人に話しかけたかった。

金曜日になった。今日は、バイオリンのレッスンの第一回目なので、心わくわく、先生のお宅を訪ねた。

先生は、にこにこしながら、

「それでは、これからレッスンを始めます。まず、楽器の持ち方。首を右に向けて楽器を肩にのせる。そしたら首を正面に戻し、顎でキュッと押さえる。顎と肩で押さえると、さおの部分が引っ張られて動かない。さあ、やってみなさい」

先生に言われた通りにやってみたが、ぎこちない。

「次に、弓の持ち方、親指の爪は自分を見るように、人差し指、中指、薬指、小指は弓の向こう側に。つまり五本の指でつまむように。それが基本だ。さあ、やってみなさい」

一生懸命やったので疲れを感じた。

レッスンは休むことなく続き、指導曲集も三巻終わり、四巻にかかっていた。三年も過ぎていた。このくらい弾けたらと思ったので、ある日、先生に音大に行きたいと聞いてみた。すると、まだまだ駄目だという。それからまた一年経ったので、また聞いてみた。今度もだめ、そして今度も先生から言われてしまった。

「君の実力では、四、五年では無理なんだよ」と。

私はもちろんがっかりしたが、なにくそと負けじ魂が募るばかりであった。

「どうだい、小山君、やってみるかい」

先生は、にこにこしている。「大丈夫だよ」と言っているのだろうか。今度は私のほうが、本当に大丈夫なのかしらと、疑う気持ちになっていた。

バイオリンの持ち方から始めて、どうやら音大の試験を受けることができるようになるまでに八年が経っていた。

よくも続けたものだと思う。ある人からは、「これから始めて続くのかよ」と言われた。

私は、人になにかを言う場合には、よく考え、相手のことを考えなくてはいけないのだなということを学んだような気になっていた。

「実技だけでは駄目なんだよ。勉強しているかい」と先生に聞かれたので、「大丈夫です」と答えた。私は小学校の教員をしながら、音大の二部で学ぼうと決めていた。

いよいよ受験の日となった。

私は、朝早く起き、試験曲を弾いてみた。調子がよい。よし、これでよし。あとは自分の番を待つだけだ。そう思いながら家を出て、音大に向かった。初めて通る道なので道路案内図で確かめた。

やっと着いた。だが、まだ早いので、受験する武蔵野音楽大学の正門は閉まっている。困ったな、どうしよう。知っている家が近くにあるわけではないし、お店があるわけでもない。そうだ、バイオリンを弾いていよう。そう思ってケースを開け楽器を取り出した。音を出したら迷惑だろうな。そう思っていたのに調弦してみると、もうやめることができなくなっていた。
二、三十分は経ったろうか。気が付いてあたりを見ると、人が集まって見ている。受験生も立ち止まって見ている。
私は、なんだか気まずくなって、楽器を取りまとめ、受験生の後について学内に入っていった。

受験生を見ると、みんな若い人たちばかりで、私のような年をとった人は、あまりいない。

　高校卒業年齢の人がほとんどだ。弦楽器の人はなおさらだ。

「弦楽器の人は、試験場に参ります」

　係の人について歩いていくと、小部屋がいくつも見られる。いうまでもなく練習場だ。さらに歩くと、あれっ、音が聞こえる。合奏だ。ハンガリアン舞曲だ。胸がドキドキしてくる。この学校に入れば、あんなふうに俺も合奏ができるのだ。

　ようし、頑張るぞ。

　試験場に入ると腰を下ろした。

　一体何人いるのだろう。そう思って数えてみた。

　バイオリン六名、チェロ五名、コントラバス三名、合計十四名。このうち、合格は何人だろうと、そんなことを考える余裕が出てきた。

「それでは、始めます。一番、山川さん」と始まった。一番はなんのミスもなく終わった。

　二番の奏者もミスはなかったが、私が三年前に弾いていた曲で、ずばり言うなら、程度が低いのではないかと思えた。実技試験を担当していた学長先生はその受験生に向かって、「君は、バイオリンを弾く手ではないな」と言った。どんな意味なのだろう？と私は思った。ちなみに、彼は翌年、声楽で再受験した。

「三番、小山さん」と呼ばれた。

「ハイ」と子どものような大きな声で返事をすると、審査員である三人の先生の前に立った。

私は、深呼吸を三回すると弾き始めた。

ヴィヴァルディの曲だ。

楽譜は縦三十センチ、横二十センチくらいの大きさで、三枚に書かれている。一枚目は調子よく弾いて、二枚目に差し掛かった。これは調子がいい。これなら合格だと思いながら弾いて、三枚目に進もうとした時、急に左手の中指が動かなくなってしまった。あれっ、私は焦った。いくら動かそうとしても動かない。

「もう、いいです」と先生の声。いいですと言われたらやめるのが当り前なのに、私はやめなかった。さらにねばっていると、「もう、いいです」と二度目の制止。

でも、私はやめないでねばっている。

「もう、いいです」と三度目の制止。

それでもやめないで、そのうちに指が動き出した。

あとは、弾き始めた時と同じように、そして最後まで弾いてしまった。

指が動かなくなるなんて、これまで一度もなかったのに残念だ、残念だ。

最後に学長の面接予定になっている。

面接は一人ずつなので、だいぶ時間がかかるだろうと思っていたのに、思ったより早く自分の番になった。

「どうだったね、試験の結果は」と学長。

すかさず、

「駄目でした。全く駄目でした。来年また来ます。来年も駄目だったら、再来年。とにかく入れてもらえるまで来ます」

と言ったら、学長はあごひげに手をあててにやにやしながら、首を縦に振っていた。

すべてが終わったので、正門を出た。

また、来年か。足が重い。

途中、私と同じ受験生であろう人たちが駅に向かって歩いていく。私もそれに従って歩いていった。

池袋の駅で乗り換えなのに、駅の外へ出た。

外に出たが、なにか食べる気も、飲む気も起きない。

ただ、家に帰りたいと思うだけだ。もう電車に乗るのもいい。このまま歩きながら考えてみよう。もっとも、考えるといっても、なにを考えるのか。

私は、バス通りを歩き続けて、とうとう、荒川の戸田橋まで歩いてしまった。橋の欄干に手をかけ、流れる川の水を見ていると、なぜか心が落ち着いてきた。

そうだ。こんなことでくよくよするなんて。なんだ、意気地なしめ。また、やればいいじゃないか。そんな気持ちに、私の心は変わっていた。

それから、私の家まで数キロほど、歌を歌いながら帰った。帰ると早速、母が首尾を聞いた。

「失敗してしまったからどうかな」と答えた。


それから三日後。

「明日、発表だね」と母が言う。

「駄目だよ、受かってないよ」

郵 便 は が き

料金受取人払郵便

新宿局承認

1409

差出有効期間
2021年6月
30日まで
(切手不要)

1 6 0-8 7 9 1

141

東京都新宿区新宿1－10－1

(株)文芸社

愛読者カード係 行

ふりがな お名前		明治 大正 昭和 平成 年生 歳	
ふりがな ご住所	□□□-□□□□	性別 男・女	
お電話 番 号	(書籍ご注文の際に必要です)	ご職業	
E-mail			
ご購読雑誌(複数可)		ご購読新聞 新聞	

最近読んでおもしろかった本や今後、とりあげてほしいテーマをお教えください。

ご自分の研究成果や経験、お考え等を出版してみたいというお気持ちはありますか。

ある　　ない　　内容・テーマ(　　　　)

現在完成した作品をお持ちですか。

ある　　ない　　ジャンル・原稿量(　　　　)

書　名				
お買上 書　店	都道 府県	市区 郡	書店名	書店
			ご購入日	年　月　日

本書をどこでお知りになりましたか?

1.書店店頭　2.知人にすすめられて　3.インターネット(サイト名　　)

4.DMハガキ　5.広告、記事を見て(新聞、雑誌名　　)

上の質問に関連して、ご購入の決め手となったのは?

1.タイトル　2.著者　3.内容　4.カバーデザイン　5.帯

その他ご自由にお書きください。

(　　)

本書についてのご意見、ご感想をお聞かせください。

①内容について

②カバー、タイトル、帯について

弊社Webサイトからもご意見、ご感想をお寄せいただけます。

ご協力ありがとうございました。

※お寄せいただいたご意見、ご感想は新聞広告等で匿名にて使わせていただくことがあります。

※お客様の個人情報は、小社からの連絡のみに使用します。社外に提供することは一切ありません。

「でも、行ってみなくてはわからないよ」

それだけの会話なのに、後日、考えられないことが起こっていた。

「受かっていたよ」と、母の声。にこにこしている。

「うそだよ、受かってなんかいるもんかい」

「ほら、これを見て。これでも、不合格だと思うの」

学校の校章バッジが手の中にある。

「あれぇ、本当だ」

嬉しさがこみ上げてくる。

それにしても、どうして母は私が受験した大学を知っているのだろう。受験する学校名も所在地も知らせていないのに。知らないところを訪ねていってくれたんだよな。もし、合格発表を見にいかなかったら、どうなっていただろう。合格取消しになっていたのだろうか。この話になると、いつまでも尽きない。ひと昔もふた昔も前のことだから。

そういうわけで、私が合格していたのだから、ありがたいというか、不合格になった受験生には申し訳ないことである。なにしろ、もういいというのを振り切って三度も強引に演奏を決行するという、前代未聞のことをやってしまったわけであるから。ありがとう。合格の仲間に入れてくれたことを感謝します。

音大での日々

いよいよ、今日から授業が始まる。顔触れを見ると、弦楽器バイオリン三名、チェロ四名、コントラバス二名と、なんだか物足りなさを感じる。

週の時間表を見ると、まずレッスン（バイオリン、ピアノ）、唱歌、作曲、英語、ドイツ語、合奏。これを一年次に修得しなければならない。英語とドイツ語が週二回、レッスンはバイオリン二回、ピアノが二回。理論、体育（野外）がこれに加わる。それと、合奏（オーケストラ）、合唱、音楽史。

入試の時、聞いて感動した合奏は、実際にやってみるとあの時の感動とは全く反対で、在学四年間で一番苦しく、できれば逃げたいと思う授業だった。

第一回目、はじめは期待を持って、わくわくしたものだったが、さあ始めるぞと言われた瞬間から変わってしまった。なにしろ練習することは一度もなく、いきなり全楽器が音を出して曲を演奏するのである。楽譜が頼りなのに、どこを弾いているのか全然わからない。目玉が飛び出すほど、大きく目を開けて、楽譜から迷子にならないように努力する。それでも時々違う音を出したり、みんなより遅れて音を出す。すると即座に「おい、お前だ。第二バイオリンのお前だ」と叱られる。すると、みんな一斉に私を見る。

他の新入生二人は悠々と弾いている。二人は合奏の経験があるという。私は、初めてだから仕方がない。叱られても、気まずい思いをしても。

仕事をしながら大学に通う上でもっともつらかったことは、時間である。

二部の授業は、四時から始まる。レッスンが六時までで、それ以降が学科の時間となる。レッスンはひとりずつ先生にお願いするので、その時間には、当然その場にいなくてはならないが、教員である私の退勤時間は四時半である。明らかに間に合わない。ところが、幸いなことに私は、無事にレッスンを受けることができた。私の前の者のレッスンがいつも延長になるお蔭であった。

レッスンは厳しいもので、そのたびに（悠々としていられる者はいいなぁ）と思ったものだったが、そんなこととは知らないピアノの先生は、

「この曲をやりましょう。あなたは弾けるんだから」

と、難しい課題曲を出してくる。

「私の専攻は弦楽器で、ピアノは副科なんだから、勘弁してください」

と言うと、先生からは決まって次のような返答があった。

「いいえ、力があるんだからやりなさい」

結局、負担が多くなってしまうのはわかっているが、やらないわけにはいかなかった。音大一、二年の時は、人に負けるものかと張り切っていた。母が苦労して新しいバイオリンを買ってくれたので。それが三、四年になると、ビリでもいいから、卒業まではなんとか頑張ろうと思うようになっていった。

その代わり、皆が嫌う語学は先生から認められるほど頑張った。こんな気持ちになったのは、私が音楽を始めたのは二十歳だが、他の生徒たちは、四、五歳の頃から、中には三歳の頃からピアノに触れているという者が八〇パーセントで、十歳から十二、三歳から始めた者が二〇パーセントくらいだ。二十歳で始めたのは私ぐらいではないかと思う。

また、学生である彼らの半分は家から仕送りをしてもらっていて、午前中はみっちり寮やマンションなどで勉強して、午後学校に出てくる。なぜそんな生活をしているのかというと、勤労学生扱いをしてもらうためだそうだ。昼間働いている学生もいるが、きちんと職に就いている者は少なく、音楽関係のアルバイトをしている者がほとんどだそうである。ただ、これは私たち同期生のことであって、他の学年の連中のことはまったく知らないが。

私は、音大一、二年の頃は、ただ人に負けるものかとがむしゃらに取り組んだものだったが、それというのは演奏家としてステージに立ちたい、そのためには恥をかくようなことがあっても頑張らなくてはならないと、プロの演奏家になることを目標にしていたからだ。しかし、それも私にとっては夢だったのだ。目が覚めてみると、〝なあんだ、夢だったのか〟と思うのと同じだったのか。同期の連中五、六人は、有名な交響楽団に入団したということを聞いた。確かに彼らは腕がよかった。それに戦争のない幸せな時に生まれ育ったから、私のように、歌といえば軍歌をいやというほど聞いて育った者とは違う。

私は、私だけの違う分野の音楽を追求していこうと決意した。それは大衆の心に生きている歌謡曲、演歌だった。たまたま音大の卒業論文を書く時期で、先生が研究テーマはなんでもよいと言われたので、これ幸いとテーマを〝日本の歌謡曲演歌〟と決めてしまった。

いくらなんでもよいといっても、音大の四年間に全く関係のなかったことをテーマに取り上げ、なんとも申し訳ないことをしてしまったという気持ちになってしまった。先生に叱られるのではないかとびくびくした。

でもなんとも言われなかったので安心した。

発表主任…？

「ああ、あんたは、随分損をしているね」

私が新たに着任した中学校の校長は、私の顔を見るなりそう言った。

なんのことなのかな？　とその場では思ったが、時間が経つにつれて、その意味がはっきりとしてきた。

前年度末に近いある日のこと、小学校に勤めていた私は「中学校に転出したい希望がある」と申し出た。それに対して校長は「修行に行ってみるか、若いうちに」と、ただそれだけ言った。

「随分損をしているね」と言ったこの校長だったら、「今、転出したら損をするよ。損をしないように考えろよ」と言ったかもしれない。

前年、私が勤めていた小学校では、大きな学校行事を行った。県教育委員会、県警察本部の委嘱を受けて、交通指導の結果を研究発表するというものである。

これだけのことを聞いただけなら、別になにも問題ないように思われるが、これを実際に運営・推進していくことは、大変なことであった。

職員三十数名は全員が教職員組合の組合員である。勤務時間外の業務であると気にしていては交通指導を徹底的に行い、成果を上げることはできない。

「私たちはそんな時間外の業務はできません」と全員が拒否するのを切り崩し、まとめていく発表主任が必要なのである。主任となれば、なんとしても校長側に付いて目的を達成しなければならない。しかし、その結果として、組合員がお互いに憎み合うようなことになる。

たぶん、多くの男性職員はこうなることをいち早く察知していたのであろう。

職員たちのデリケートな気持ちを校長は知っていたのかどうか。校長は、私に発表主任を打診してきた。

「男の職員一人一人に聞いてみたが、できませんと言うんだ。小山君、受けてくれないか」

「卒業する学年を担任しているので、悪いけれどできません」

校長が「それは、そうだな」と言ったので、けりがついたものと思っていた。しかし、ものの十分も経たないうちに再び「引き受けてくれないか。誰もいないんだ」と言う。

私は、頼まれると嫌とは言えない性格であることは自分でもわかっていた。

「それでは引き受けます。そのかわり、私のやりいいようにやります」と言って、校長の顔を見た。校長は頷いていた。

さあ、それからが大変。それでどうしたのかというと、組合の幹部（女性）に声をかけたのだった。

「私も組合員のひとりとして、組合活動に参加します。デモでもストでも一緒にやる。だから、協力してほしい。お願いします」と言ったら、「やりましょう。協力します」と言ってくれた。今の苦境を切り抜けるには、この一声が大事なのであった。

その夜、私は、ひとり瞑想に耽った。

校長が、この交通指導研究発表を受けた目的は、果たしてなんなのか？

あと二、三年で定年だから、総まとめとしての考えなのかしら。それとも、まだ、どこの学校でも取り組んでいないから先駆けとして取り組んでみようということだったのか。それとも、発表主任が組合員とどう向かい合っていくのか、それを見たいということなのか。その前に、この交通指導研究を引き受ける人がいなかったら、どうするつもりだったのだろうか。

うちの学校では、引き受けてやろうという気概のある者はいない。だから返上しますという腹でいたのだろうか。

いや、そうではない。

「あいつ（小山）が受けてくれるよ。校長先生」と、当てにしていたのかもしれない。

教頭は、私とは前の学校で一緒だったことがあるので、頼まれたら断れない私の性格を知っている。だから、半ば安心した気持ちでいたことだろう。

いずれにしてもこの交通指導の研究は推進しなければならないので、微力ながら、この私が先導役を務めてきた。
子どもたちの気力を高めるために、校長に歌の歌詞を依頼した。その結果できたのが、次の歌だ。

右よし　左よし　渡ります

作詞　根岸　元
作曲　小山幸男

朝です　朝です
学校へ行こう
とうさん　行ってまいります
かあさん　行ってまいります
黄色いぼうしに　胸はって
さあ　横断歩道だ　右手を上げて
右よし　左よし　渡ります
朝は　ぼくらを　守ってる　守ってる

（二・三番略）

（曲を紹介することができないのが残念だ）


いよいよ、発表会の日となった。

県教委、県警本部、各学校の校長と職員、保護者。

校庭は、人でいっぱい（……というほどではないが）。

朝礼台に上って校長が挨拶。

続いて、私が指揮して、鼓笛隊の伴奏で「右よし　左よし　渡ります」を全員で歌った。

ヘリコプターが飛んできて、この様子を取材しているようであった。


この発表会が終わって一週間後、教頭が私に、「あんたは、いいことをやっているが、あのほうのことも一生懸命だな」と言った。

〝いいこと〟とは、今回の交通指導のこと。〝あのほうのこと〟とは、〝組合活動〟だということくらいは、すぐわかる。

どういう神経をしているんだ、こやつ。と思ったが、ぐっとこらえた。

私たちは、勤務時間外のことはやりませんと言っているのだ。個々に説得すればやる気になってくれると思っていたのかもしれないが、その考えは甘い。教頭はこの学校に来てまだ日が浅いのに、職員の気心なんてわからなくても大丈夫と思っているのか。前の学校で一緒だった時と同じく、人を小馬鹿にするところは変わっていない。

一年後のある時、その教頭は、私が転任した中学校にひょっこり訪ねてきた。

「あれ先生、珍しい。今日は、この学校に用があったのですか？」と聞くと、「うーん」と次の言葉が出てこない。ややしばらくして、

「俺も校長になったんだけど……」

と、次の言葉を考えているようだ。

「なんですか」

「実は、うちの学校でも、交通指導の研究をやりたいと思うんだ。ついては先生に、体験者として、力になってほしくてお願いにきたんだ」

この人は、どこまで私を利用する気なのだと憤慨した。

「私はこの学校に来て日が浅いので、他の学校に転任するわけにはいきません。従って、

希望にそうことはできません」と断った。

さまざまな問題を乗り越える

ランドセルが動いているような小さな幼児から成長した子どもたちと小学校の教員として過ごした十八年間。

小学生だった私の娘も、やがては中学生、高校生へと成長する。小学生時代とは全く違う女の子へと変貌するのがこの時期だ。私は、子どもたちのそんな変貌ぶりを把握したいものと思い、中学校勤務を希望したのであった。

それともう一つ。

義務教育は九年間とは口先でいうことであって、実際にはどうなのだろう。人事の交流をみても、小学校から中学校へ、中学校から小学校へ異動するということは校長の異動では時々見られるが、一般の教職員でも行われているのだろうか。

もう一つ。私は中学校の音楽一級免許状を持っていた。持っているだけではもったいない、この際生かしてみようと思ったので、中学校の門をくぐったのであった。

ところが転任してみると、意外なことというか、私が気付くのが遅かったのか、とにかく、これは大変なことだということを感じた。

私がこの学校へ着任する前のことである。

「今度、この学校にすごい奴がくるぜ。なんでも、全員組合員の小学校で交通指導の研究発表をしたんだそうだ。デモでもストでもやるんだというからな」と言う者がいたそうだ。

「いや、その男だったら、俺が知っているよ。彼は、そんな男じゃないと思うよ。信じるよ」と、音楽教師仲間が言った。

「そうかな、そうかな」

「県教委委嘱の研究発表の主任だぜ」

「それじゃ学年主任とはいかないので、副主任ぐらいかな」

「まあ、そのへんで我慢してもらうんだな」

と、その場に居合わせた者が言っていたそうだ。

また、別の面では、こんな接触もあった。

「先生、嬉しいです。歓迎します」と、組合員（幹部）の先生が言うので、私は、

「当分の間、組合活動はお休みします」

と、そっけなく退けた。

私は組合活動を好んでしたいわけではなかった。ただ、あの時、交通指導の発表をうまくやるために組合員に協力しただけなのだから。

この学校の組合員の数は、職員のちょうど半分だということがわかった。非組合員すなわち「組合員ではない人」は、組合員とは意見が全く合わず、感情的な対立とさえ見える様子であった。

（あれっ、喧嘩かな。そんなはずはない。会議中だ）と思ったことがたびたびあった。

私がいる音楽準備室の隣の部屋は、会議室になっている。学年会議はここで行われる。組合員も非組合員も、ともに自分たちの意見を通すために自然と声が大きくなり、喧嘩をしているようになる。

私は、それを聞くたびに、もし自分が学年主任になって、こんな会議をやるようになったら、静かに会議を進めたいものだと思った。

中学校に来て四年目、幸いなことに教師十名で構成する三年の学年主任となり、その念願を達成することができた。

中学校教師は、時にはこんな場面に遭遇することもある。

私は、風邪気味だったので、その晩は早く床に就いた。すると午前二時、電話が鳴った。なんだろう、今ごろ。ただならぬ様子なので、電話に出た。すると、

「こちらは、東京上野警察です。あなたの学校の生徒を保護しています。引き取りに来てください」と言う。さあ困った。けれど、そんなことを言っているどころではない。

警察署の場所を聞こうと思っても開いている家などない。ただ、見当で走った。ありがたいことに、その見当が当たって、目的の警察に着くことができた。

生徒を見て、私はかっとしたが、腹に力を入れ、ぐっとこらえた。すると落ち着いてきた。

「悪いことだとわかっているんだけど、手が動いていつの間にか物を握っているんだ」

万引きをした生徒はそう言って、オイオイ泣き出した。

「そうか、それは困ったな」

面倒かける奴だな。そんなことを思いながら、私は家路を急いだ。

生徒の行動範囲は、私たちの予想を超えていた。例えば、長瀞《ながとろ》にある宝登山《ほとさん》の上のほうでビールを飲み、シンナーを吸うとか、複数の女子生徒による集団万引きとか。

また、非行に走る生徒とは別に、私のような小学校から来た教師に中学校の音楽が指導できるのかと気になる生徒がいることも確かであった。

「ようし、みていろ」

と思ったものの、うまい機会がない。

「そうだ」音楽鑑賞会があることに気が付いた。

音楽鑑賞会とは、市内の小中学校の児童生徒を対象にした音楽活動である。

年に一回行われているN響や読売日響のプレイヤーによるオーケストラを鑑賞する会である。

このグループに加わって私も演奏してみようと思った。

幸いにもそれに加わることができ、当日は一曲だけ演奏することに決まった。

全校生徒が目で見て耳で聞くこのステージにプレイヤーと一緒に席に着いた。

会場にいる人たちは、こんな場面をどう見ていたことだろう。

演奏が終わって私はステージを降りた。

「意外だったな、意外だったな」と生徒は口々に言い、席を立ち上がると帰っていった。

「意外だったな」という言葉は、どんなことを言いたかったんだろうと私は思った。

いろいろあったが、忘れられない嬉しいこともあった。

卒業式の日の朝、私は、出掛けに家族に言った。

「今日は、どんな体になって帰ってくるかわからないよ。びっくりするな」

卒業式は整然と進み、終わった。

三年の職員十名が外に出て横一列に並んだ。卒業生はその前を通り、正門から消えていく。そして、ついに誰もいなくなった。副主任が私に向かって、「先生、よかったですね」と言った。毎年のように、仕返しを恐れて卒業式を休んでいる先生もいたような時代だったのだから。それなのに、「よかったですね」の「ね」を言う間もなく、

「あ、先生、来たよ、来たよ」と言い出した。

「『忘れるなよ、お前たち、卒業式のあと。逃げも隠れもしないから、待ってるぞ』と私が言ったから、忘れなかったんだよ」と言って、私は他人事のように平気な顔をして

いた。

戻ってきた生徒は十名、ちょうど職員と同じ数だ。彼らはどうするつもりなのかなと見ていると、私の前に向き合うように、縦一列に並んだ。

そして、一斉に帽子を脱いで、一礼した。

「先生、長い間、世話を掛けてすみませんでした」

「そうかい、そうかい。それはよかった。わかってくれたか。じゃあ握手しよう」

胸につかえていたものを出してしまったように、生徒たちがすっきりした顔になったのを見た。

嬉しい。こんな気持ちになったのは、初めてだった。彼らも初めてだっただろう。

九人の職員のほうは見向きもせずに帰っていった。


中学校教師をしていたのはたった四年間であったが、再び、小学校に戻りたくなった。

着任した小学校の校長は、私に期待を持っていたのであろうか、それとも中学校から戻ってくるようじゃと、疑問に思っていたのだろうか。

着任してまだ二週間でなにもわからないのに、校長に呼び出されたので行ってみると、いきなり「組合と喧嘩をしろ」と言う。

喧嘩をしろと言うけれど、どういうことかまったく意味がわからない。

その後も私を呼び出しては、「あんたがこれまでに、どんないいことをやってきたか知らないが、そんなことはまったく関係ない。この俺が決めるんだから」とか、「A君はよくやってくれた。B君もよくやってくれた」と、今はこの学校にいない職員を褒めて、次に、教頭の物足りなさを言い出す。それから私に〝喧嘩をしろ〟と、お決まりのセリフを言うのだ。

四回目の時は、私が喧嘩をする気配がないものだから、「あんたより、もっと強力な教務主任を呼ぼうか」と言い出した。

朝の集会（打ち合わせ）のあと、校長は必ずといっていいくらい、組合の幹部と話し合い、それが飛躍して口喧嘩となる。（ああ、これだな、これを私にやれということなんだ）と、やっとわかった。

もし私が口を出したら、「あんたになにがわかるんだ。まだ、この学校へ来て日が浅いのに」と言われてしまう。事実、内容がなんのことだかわからない。

私は、これでもう、管理職への道は間違いなく閉ざされたと思った。

一年間でこの校長とお別れということになった。ああよかったと、ほっとした。年度が替わって、新校長が来た。若いテキパキした感じの人だ。私は、この人についていこうと心に思った。

ところがなんの席の時だったか、その新校長は私が話しかける言葉が気に障ったのか、「お前なんか、どこへでも行ってしまえ」と言った。

はて、なんだったろうか。気に障るようなことを言ってしまったのか。申し訳ない、と思いながら、はっと頭に浮かんだことがあった。前の校長が引き継ぎで、「駄目だ、あの男は使い物にならない」とでも言ったのだろうか。

とにかく、なんと言われようと、この校長にどこまでもついていこうと決心した。その後、校長とは意気投合し、お蔭で楽しく日々を過ごすことができた。

ところが、この学校で三年目になる年度末のこと、どういうわけなのかまったくわからないまま、校長も私もそれぞれ違う学校に転任ということになった。

私が転任した学校では、三年間に三人も校長が変わった。

一人目の校長は、「教頭さん、卒業式ができたのは小山先生のお蔭なんだと聞くが、どうなんだい」と、私がいるところで言い出した。

この教頭がそう言われるのは当然なことである。校長試験を受けるために、自分のやるべきことを私に任せて、学校内の一室に閉じこもって、人を近づけないようにして勉強をしていたのだから。それほどまでして試験に受かりたいのか。その図太さには驚いた。それと同時に腹の立つのを感じた。

卒業式を前にして、卒業生名簿の作成、さらに卒業証書の作成と忙しい。こんな場面を職員が知ったらどうだろう。

皮肉なことに、教頭と私は同い年である。だから上司として、私には頼みやすかったのだろう。五十五歳に近くなったので、早く校長にならなくてはと急ぐ気持ちもあるのだろう。

来年、教頭試験を受けろと言われた私とは、随分違うものだなあと、むしろ、おかしくなってきた。どこか狂っている。

定年までの五年間、どう生きるべきか。私は、もう決めていた。

第二の人生を一足先に受け入れて、おおらかに生きてゆきたいと。

最後の年の送別会で、三人目の校長は挨拶で、こんなことを言っていた。

「私は、何回も先生をお引き止めするために声を掛けたのですが、先生の意志は固く、このような結果になり、誠に残念です」

私は、耳を疑った。何回も引き止めたと言ったが、何回もだったら心に残るはずだ。部下が自分より年上でいたら、なんとなく気持ちが悪いのだろう。それに、ずっと前から職員の調査にも、組合活動の記録にも私のことが載っていたのだろう。

いずれにしても、私がいなくなってよかっただろう。私も、職員の前でこんなきれいごとをぬけぬけと言うような人は嫌いだ。

三十五年間勤務してきた私が、こんなふうに見られ続けてきたのかと思うと、なんとも悲しい。もし、あの時、「何回も引き止めたと言われたが、一度もそんな言葉は聞いたことはなかったですよね。言い訳もいい加減にしなさい」と全職員の前で言ったらどうだったろう。

そういう人だったのかと、みんなそう思うだろう。私は辞めてしまうのだから、ぶちまけたらすっきりするのだけれど、ぐっと我慢をしたのであった。

第四章　音楽とともに

ミュージックパブ開店

私は、現役だった頃には考えてもみなかったことを、第二の人生でやってみたいと思うようになっていた。

それは、憩いの場を作ることであった。それによって私が念願とする人物とも出会えることがあるのではないかと思っていたからである。

ただ漠然とした気分から憩いの場を作ってみようと思ったのではない。現役の頃、時々行った店にグランドピアノがあって、店の人は私によく弾かせてくれた。また、この店に来る客は私が弾くことに好感を持ってくれ、私の伴奏で歌うのを楽しんでいた。それを私の店で再現してみたい。そして、念願とする人物に出会いたい。三十五年間、教員生活をやってきたが、社会人としてはまだまだ未熟な点が多いので、店を経営していく中でよい点をつかんでいきたい。

しかし、家族としては、複雑な気持ちであったようだ。

憩いの場と言ってもいろいろあるが、食べたり、飲んだり、歌ったりすることによって、和やかな気分になり、信頼し合える雰囲気にまで高まっていく。

「そんなこと理想だよ。たかが飲み屋じゃないか。ただ飲み食いするだけだよ」と誰かが言うだろう。

「まあ、いいじゃないか。自分の考えを推し進めようと思っているんだから」と強がりを言いたい気持ちだった。

ところで、どんな店にしたらいいだろうな。飲み食いして帰ってしまうのは、普通、レストランの類いの飲食店が考えられるが、それでは、こちらで考えていることとは違う。二十四時間でゆとりのある時といえば、ふつう夜間であろう。すると夜の店ということになる。私は、早速店づくりに取り掛かることにした。

まず、グランドピアノ。これは、どこの店にもないもので、なんのためにあるのかというと、理由はいくつもある。ずばり、ひとりじめの店にしたいということ。

だが、来てほしくない客というのもある。客は店を選ぶのは自由である。それだったら、店が客を選んでもいいのではないか、ということである。例えば、駅から遠いこと、グラントピアノを置くため広さがあることだ。これは実際には、思うようにいかないことだと思う。客次第で店の雰囲気が変わってしまうものであると言われているから。

ピアノは、こんな目的で備えたかった。

第一に、希望する客に歌の指導をするために。

第二に、客の希望によっては、私が演奏するために。

第三に、サロンの雰囲気を華やかにするため。

グランドピアノの色はアイボリー。二つ目の扉を開けると視界にグランドピアノが入ってくる。電気の光がキラキラとして、部屋に入ろうとすると、いやでも見なくてはならないという意地悪な位置にある。


ついに実現した私の店「スターローズ」。開店をして、早速、「あーら、素晴らしいピアノ。ここに決めたわ」と言っていた二人連れ。なにかの集まりの帰りでしょうか。それともデートかな。

「こんなお店、ほかにはないわね」と、満足そうなお客様は、店の雰囲気に安心したのか、壁面にかかっている絵画を見ているようだった。

二つ目の扉がスーッと開いて、男がひとり入ってきた。カウンターの片隅に席を取り、まわりを見回している。

（この店は高いんだろうな。今は、女の子の姿は見られないが……とりあえず、ビール一本をオーダーして様子をみよう）と考えていたのかどうかはわからないが。

再び二つ目の扉が開いて、若い男が四人で入ってきた。いきなり、「女の子は、女の子は」と言う。女性がいないのを知ると、「なんだ、つまらない店だな。これじゃ俺たちの来る店ではないな、帰ろう」と、トンと扉を叩くと出ていった。


開店一か月が経ったのでミーティングをしようということになり、早めに店を閉めた。メンバーは六名。私、マスター、大ママ（妻）、ママ、従業員二名。

まず、マスターが口火を切った。

「開店一か月になるが、毎日四、五名の客じゃ、話にならない。この店はいいとこ三か月だな」

ずばり言われてみるとなんともショックだった。でもこのまま黙っているわけにはいかない。思い切って聞いてみた。

「じゃ、どうすればいいんだね」

　すると、

「まず、チラシを作ること、たくさんのチラシを。この店の所在地はもちろん、そのほか店の特徴をわかりやすく書いて、印刷して配る。駅の人混みで、アルバイトを使って配る。それから捨て看板も忘れずに。それから女の子を三、四人。なにしろ広いからな、この店」

　そう言いながら、初めて見るわけでもないのに、あたりを見回した。このマスターは、自分の店を経営しているが、私は初めてなので、面倒を見てもらうために頼んだ人である。

　この店を存続するのに、そんなにたくさんの費用がかかるのかなあと思わずにはいられなかった。

「ああ、私からも一言ね。言わせてください」とママが口を開いた。

「この店はみなさんも承知のことと思いますが、広すぎるんです。だから、誰も借り手がいなかったんです。だからこの広さを二つか三つに分けてしまう。こぢんまりとした店が二つか三つになるんです。どうですか、みなさん、私の考えは」と。

この日は言わなかったが、ママはいつも口癖のように、「先生は、この店を損した借り方をしてしまったよね」と言っていた。

二人の言っていることを聞いて、私はイライラしてきたが、ぐっと我慢して唾を飲み込んだ。

「マスターもママもありがとう。なるほど、そうかと思えることを言ってくれたよね。でも、悪いけど従えないことがあったね。チラシも捨て看板も作らないよ。一枚たりとも。理由は、果たしてどれだけの効果があるかということだ。客はみんな同じような店だよとか、どんなところか一回行ってみようとか、大勢で冷やかし気分で来る。そして不手際があったりすると、もう、こんな店来るもんかなどと言う。

それから、女の子を置くということ。これは、女の子を目当てに若い男はもちろん、中年の男だって、同じことだ。確かに、女の子がいるといないでは、違いがあるだろうよ。でも、悪い雰囲気の店になってしまったら、取り戻すのが大変だろうな。

それから、広い店をこぢんまりとした感じにするということ。私は、あまり好きではないんだけど。広い場所がどんなにプラスになるかということは、まだみなさん、知らないようですが、かぎりなくプラスになると思うよ」

と、ポンポン言いたかったがやめた。マスターやママは玄人だと思っている。素人の私が口を出すのは失礼なことだと思ったからだ。

皆で歌を

今夜は珍しく客が多い。そうだ、やってみよう。私はひとり頷くと、頃合いを見計らってある曲の一節をピアノで弾き、「みなさん、この歌、ご存じですか」と聞いた。

「いや、知らない」と言う。

「それじゃあ、歌ってみませんか」

「知らないもの、歌えるわけがないじゃないか」

「十分後には歌えます。私に任せてください」

「無理だよ。知らない歌が十分で。うそだよ」

歌詞の一行の前半〝この坂を越えたなら〟を口ずさみ、ピアノでそのメロディを弾き、歌わせる。三回歌う。続けて、その後半〝幸せが待っている〟をピアノでメロディを弾き歌う。前半と同じ要領で。二行目の歌詞も、三行目も、四行目もと進めていく。

八分か九分を過ぎると、全員が歌いたくなってそわそわしてくる。

「あれー本当だ。歌えた、歌えた。嬉しいな」

てんでに喜び合う。

あの人に知らせてやろう。俺も。私も。

そんなわけで、店のことは口コミで飲めない人にまで広まっていった。こんな店、初めてなのだろう。

「〇〇さん、あなたもこういう仕事してみたら？」

「私は音楽、知らないから……」

という会話が聞こえてきた。おそらく、この客たちは定年間近な校長先生たちだと推察できた。

ある日。五人の、客には見えない、一見同業者と思える人たちが来店した。

ひとりは名刺を出して、この日来た目的を白状した。

やっぱりそうか。「このオーナーの店では知らない歌が十分で歌えるようになった」

との口コミで、やってきたのだろう。

それを聞いても、私は嬉しいともなんとも思えなかった。

ただ、他の店ではできないことをやったんだなと思った。私は音楽を教えることが仕事なのだから。

次の日、今度は、ふらりと入ってきたひとりの客。この人はどういう人かなと思っているると、黙って名刺を出した。見ると、作曲家という文字が目に留まった。

ああ、こういう人に会いたいなと思って作った店だったのでなんとも嬉しい。

「早速ですが、先生。私、レコードを作りたいと思っているんです」

と作曲家の野村先生に言うと、「そうですか、じゃ、その作品を見せてもらいたい」というので後日楽譜を手渡した。その人は、「じゃ、僕が編曲してくるね」と気安く引き受けてくれた。

それから数日経った。

「今日は見えるかな」

不安な気持ちになるのは、あの人を信じすぎたせいなのかなと思った。

だが、その夜、ドアが開いて彼が入ってきた。

「やあ、ごめん、ごめん。いろんな事情があってね」

私は、疑っていたことを恥ずかしく思った。

「スタジオに行ってみるかね。レコーディングが見られるよ」

「うん、行く行く、初めてだよ」

私は子どものようにはしゃいでしまった。

スタジオで待っていると、プレイヤーが現れた。まず打楽器奏者が、続いて管楽器奏者、最後に弦楽器奏者。自分のパートを弾き終えるとさっさと帰っていく。レコーディングプレイヤーの技量には驚きを感じた。

その後、レコーディングしたテープを野村先生から受け取った。これとは別に、私が関係し、応援しているプロ歌手に歌ってもらい、A面は歌手の歌、B面は楽器演奏を収録して完全なレコードに仕上げた。再び先生にお願いして、日本ビクターレコード会社で制作してもらって、それを有線で流してもらうことになった。

私の曲が有線で流れるようになって、さらに店の評判が広まった。ある客は店に入ってくるなり、「先生の曲聞いたよ。だから、来たんだよ」と。

大ママの力

私の店「スターローズ」の原動力、なくてはならないのが大ママ（私の妻）である。その商魂には、悔しいけれどかなわない。この辺で、それをお知らせしたい。

大ママは酒嫌いの家庭に育ったので、私が飲むのもあまりよく思ってはいなかった。そんなアルコール嫌いなので、もちろん飲食店の雰囲気などあまり知るはずもなかったのに、ふしぎ、不思議、まったく人が変わったように、客扱いなどは、プロ顔負けの上手さである。どんなに客が多くても慌てない、怖気づかない。加えて話が上手で、さらに度胸がいいところは男顔負けだ。

ある時、こんなことがあった。

四十代と思われる男の客と、二十代中頃の男二人連れの客が、背中合わせに席を取っていた。はじめはお互い静かに飲んでいたのだが、やがて喧嘩が始まり、取っ組み合いにまで発展してしまった、十四、五人の客の中に、やめさせようとする者は誰一人なく、ただ見ているだけの状態であった。

その日に限って私は店にはおらず、大ママ一人だけだった。すると、大ママが近づい

「スターローズ」開店の頃の大ママ。

て、四十代の客を引っ張り出そうとした。背中をぐいぐい押して、客は必死にそれに抵抗したが、とうとうドアの外に出してしまった。

「こんな店ぶち壊してやる。覚えてろ」と客はさんざん悪態をついた。

「いいですよ。どうぞ、壊してください」と大ママは言った。しばらく言い合いが続いたが、やがてブツブツ言いながら帰っていった。

　翌日、彼はやってきて、ドアを少し開けて首を出しては引っ込め、ドアを閉める。そんな仕草を数回繰り返しているので、大ママが、

「そんなところでなにをしているの。かくれんぼでもしているの」と言うと、

「ゆうべのことがあるからよ……入ってもいいのか」と恐る恐る聞く。

「なんのことか忘れちゃったよ。そこの川に、もう捨てちゃったしね」

するとと、男はどったりどったりと歩いてカウンターに近づき、力なく椅子に腰を下ろした。

「ママは、なにか武術でもやっていたのか」

「いいえ、別になんにも」

「おっかしいな。俺は力持ちが自慢なのに、ママにぐいぐい押されて外に出されてしまったよ」

そう言いながら、「一杯だけ飲ませて」と言うので、ビールを一本抜いた。

時間が経つにつれ、一本が二本になり、だんだん空瓶が増えていった。三本を過ぎた時、大ママが言った。

「もう、この辺でやめよう」

「俺は店の売り上げに協力しているんだよ」

「売り上げてもらわなくてもいいんだよ。それよりも子どもさんや奥さんのためになにか買って持っていったら。別れているんでしょ。本当は一緒にいたいんでしょ。そうしたらどう?」

彼は素直に頷き、店を出ていった。

彼と入れ替わりに、女性客が入ってきた。

「ああ、よかった」と言っている。

「なにがよかったの」と聞くと、

「大ママと白いピアノを思い出したんでね。まだ早いけど、忘年会の予約をお願いよ。なにしろ人数が多いから、早く申し込まないと希望した日が取れないからね。三十名よ」

そこまで言うと、彼女の目は、もうメニューのほうを向いていた。

予約といえば、こんな会社もあった。

「電話での予約だったから、いくら大きな店だといっても四十名は無理だろう。『いいですよ』と言うけど、無理に押し込んでしまおうと思っているんじゃないの、なんて言ってしまったけど、来てみたら本当に広い店だった。疑ってごめん、ごめん」と謝ってくれた。

宴会の終わりが近くなると、「タクシーをお願い、十台ね」と幹事から頼まれた。

「十台とはすごいな」と、タクシー会社でもびっくりしたことだろう。駅から離れているにも関わらず、お店の名前を言うだけでわかるほど界隈では知られていた。

スナック「スターローズ」という店は、いろいろなことに利用できるのだなと思ってもらえることが、私としても嬉しかった。

ある日のこと、開店早々の時刻に、二十数名の老若男女、それもみんな正装をしている人たちが、ドアを開けるとドヤドヤと入ってきた。

どんな人たちなのかなと考える暇も与えず、

「今日は、俺の結婚式で、その二次会なんだ。他の客が入らないうちにと思って、急いできたんだよ。このピアノを思い出して『そうだ、あそこにしよう』と、みんなを連れてきたんだよ」

と言った。

「それはおめでとうございます。それにしても、こんなところまでタクシーを使って来てくださったのですね。ありがとう」

喜びの二次会であった。

こんなこともあった。

「実は、俺のおふくろの喜寿の祝いをここでやりたいと思ってね。この店のことを話したら、みんな反対なんだ。『みんなが嫌うような店ではないよ。むしろ、ここでよかったと思える所だよ。俺の言うことを信じてくれよ』と、みんなを説得したんだよ。よろしく頼むよ」

「そうですか。任せてください」

私はそう言って握手をした。

二日後、彼ら御一行が御来店。その数十六名、緊張した表情である。

「みなさん、遠いところをお疲れさまでした。どうぞお寛ぎください。おばあちゃん、おめでとうございます」そう言ってにっこりすると、みなさんもにっこりして落ち着きを取り戻したようであった。

さっそく、大ママは注文の食べ物とは別にお寿司をとり、「これは店からのサービスです。どうぞ」との心遣いを向けると、御一行の表情が和やかな雰囲気に変わっていった。

「こんな店があったんだね。やっぱり本当だったんだ」

「いい雰囲気の店だな。近かったらな、また来たいよな」と嬉しい話をしていた。

店は大盛況で、元同僚が三回ほど来てくれたが、いつも満席で店に入ることができなかった。せっかく来てくれたのに、悪いことをしてしまった。

大ママの気配りは店の評判を高めていたが、彼女はまた、私たちが真似のできない霊感を持っていた。

そんな時、ふっと思い出したのは、私がまだ教員だった頃、大切な「指導要録」という文書をなくした時のことだった。指導要録は重要なぶ厚い文書で、それをなくしたら辞めて済むことではないことくらいはわかっている。何しろ、一《ひと》学級の児童の成績を、それも各学年の担任が記入していくもので、おまけに二十年も保存することになっているのだから。

困ったたな困ったたな。夜も眠るどころではない。

それから三日目のことである。

「あんたの学校には観音開きの部屋があるね」

と大ママが言い出した。

「ああ、あるよ」

私はつっけんどんに返したが、大ママは、

「その部屋には黒い戸棚があって、上の段はびっちり詰まっている。その下の段は、右のほうには文書が何冊か立てかけてある。左のほうには何冊か積み重ねてある。その一番下にあるよ」

と言うではないか。

「まさか、そんなことがあるかよ」

でも、翌朝その場所に行ってみた。本当のことであってくればとねがい手を伸ばした。

「あった、あった」

声を上げたいほど、嬉しかった。

冷静になってから考えてみると、私がこんな所に置いたはずはない。これは、誰かが持ち出してみたものの、間違ったと気付いてそっと下に置いたのだろうと考えてみた。

店では、こんなことがあった。

「今日はお客さんが十七人来る」と、独り言を言っている。

おかしいな。今日は予約が入っているわけではないのに。そう思いつつも、その晩は時間を気にしていると、十六人いる。十一時をまわって、あと一人来るのかなと思っているると、十一時半に一人入ってきた。これで十七人となった。あと三十分が気になる。だが、誰も来る気配はない。ついに閉店の十二時になった。

別の日、ある客が、これから十二時までに何人来るか賭けをしようと言い出した。するとと、「大ママと賭けをするのはやめな」とママが言い出した。大ママは、

「よし、俺は、五人は来ると思うな」と、客は意地を張った。

「二人だよ。もしそれより多かったら、ビールを一本つけるよ」

と大ママは言った。

そして、やっぱり二人しか来なかった。

こんなことがあってから、「大ママ、私を占って」「私も」「私も」というわけで、「それじゃ私も」とママも占ってもらった。まさか素人《しろうと》がと思ったのだろう。その後、ママが本職の占い師にみてもらうと、大ママと全く同じことを言われたのでびっくりしたということだった。

店を閉める

私の店「スターローズ」は、目的の『憩いの場』を作ることができた。それは、もちろん、みなさんの協力があったからであるが、世間では珍しいほど部屋が広いことで、

大宴会場はいうまでもなく、コーラスの練習場としても、果てはダンスの練習場としても活用することができた。

そして、酒を飲む場合の食べ物としては、いわゆるお通しに細かい注意を払った。

一つの食器に違った食べ物三色を客に出すにあたっては、一度出した物は二度と出さない、という方針であった。客の中にはそれに関心を持って、それのために来るという人もいて、誠に嬉しいことであった。

私たちにとっても、またお客さんにとってもさまざまな夢をもたらしてくれたが、この店を閉めなければならない日が来てしまった。

開店から三年三か月であった。

店舗の再契約のことが閉店の理由であった。家賃を上げると、家主が言い出したのだ。これまでだってじゅうぶん高かったのに、なんとも理解ができないほどの額までさらにつり上げてきた。繁盛していることに付け込んでいることはわかっている。

私は、やりたかった憩いの場で、すべての目的を達成したので、あっさりやめることを決意した。

すると、町会の人たちの中には、残念だと泣く者もいれば、続けてほしいという人もあって、四十名が送別会をしてくれることになった。

「先生、大ママ、前に立って」と言われたのでそれに従うと、「私たちが、わがままを言ってもそれを快く聞いてくれたし、本当にすまなかった。ありがとう」と泣きじゃくる人もいた。

スナックが閉店するからといって、送別会をやろうというのもあまりないことなのではないか。

「俺の憩いの場がなくなってしまった」と、がっかりしている警察官もいた。

第五章　その後

瑞兆

店を閉めた翌日、私は、あるスナックに足を運んだ。女性客がたった一人いた。

マスターはいきなり、私をその人に紹介した。

「この人は小山さん。音楽の先生です」

「私は作曲家協会のものです」

と、にこやかに言う、

「もし、良かったら協会にご紹介しますよ」

私は一瞬ドキッとしたが、「ぜひ、お願いします」という言葉が躊躇なく口から飛び出した。

「入会するには条件が五つあります。ご自分の曲のレコードを持っていますか。五線紙に書いたのではなく、音が出るレコードです」

私は即座に「あります」と答えた。

その人はあれぇというような顔をした。

作曲家の野村先生のお力添えで作った私の曲が、こんなに早く必要になったのか、作っておいてよかった、と思わずにはいられなかった。

「それから協会の理事一名、会員一名の推薦、音楽歴、素行などがあります。それはこちらでやります」と、言われた。さっそく、必要な資料を揃えて手渡した。

「君が作曲家協会に入れたら、太陽が西から出るよ」と、友人が真剣な顔をして言った。

それほど作曲家協会に入るのは難しいのであった。

〝どうか、うまくいきますように〟

祈るような気持ちで、一日一日を過ごしていった。

結果を待つ間、こんな思いが浮かんできた。

あのまま「スターローズ」を続けていたら、どうだったろう。こんな機会はなかっただろうな。「あの人は忙しい人だから、月に一度、店に来るか、来ないかなんだ」とマスターが言っていた。もちろん、私の店など知るはずがない。まして、一面識もない私を待ち受けていきなり紹介してくれるなんて、奇跡としか思えない。あれこれ考えながら、待つ時間は心苦しいものであった。

それから一か月が過ぎたある夜、私は夢を見た。前面にスクリーンがあるが、白くなにも映っていないのが不気味だった。すると、黒い物体がスクリーンに小さく映った。「なんだ、あれは」と思う間もなく、なにか生き物の頭部のように見えてきた。平面的な画像は立体的に変わった。

竜だ。竜の頭部だ。それが私のほうに迫ってくる。なぜか怖いとは思わないが、このままではどうなるかわからない。その竜が避《よ》けて通れるように私は身を伏せて、じっと見つめていると、私の前を静かに通り過ぎていく。目は爛々と輝き、うろこの一枚一枚が実にきれいだ。通り過ぎてしまったところで、私は目が覚めた。

後日、そんなことを博識な友だちに話した。すると、「それは瑞兆だ」と平然と言った。瑞兆とは、めでたいことの前兆だと、辞書には書いてある。

その通りになってくれればよいが、と思わずにいられなかった。

翌日、封書が届いた。作曲家協会という文字が目に飛び込んできた。どんなに嬉しかったことか、言いようがないほどだった。

店を閉めて忙しくなるとはおかしなことであるが、それからは歌の指導一本鎗となった。

四十代の頃、音大の同期生の集まりの席で、私が、

「いずれ誰でも気楽に歌えるようになるよ」

と言ったら、

「へえー誰もがカンツォーネか、それともアリアかよ。我々が歌っている歌を歌うのか」

と言う。目を見ると、なんだか憤慨しているようだ。

「違うよ、歌謡曲とか演歌のようなものだろうよ」

声楽科のレッスンでさんざん苦しめられた彼らにとっては、不愉快な気持ちだったのだろう。それはわかるような気がする。

「その歌の指導をするのは、小山君、あんただよね」と意地悪くそう言って笑った。

もう、遠い昔のことである。

振り返ってみると、私たちの若い頃は歌を歌える人も少なく、レッスンを受けるにしても月謝が高かった。その代わりに、指導者は本格的に勉強している人なので、信頼し

て指導してもらったものだ。

今は、歌が大衆化してしまっているので、ジャンルが違うから、教える側も、教わる側も安易に考えている者が多いのではないだろうか。この道に進もうとする人は別だが、やはりいつの時代になっても、音楽は大事にしていきたいものである。

私の音楽活動

一、ピアノ、バイオリン　音楽指導発表会
音楽に恵まれない子どものために、私の家で指導した。月謝はもらわず、暖房費、調律代として五百円だけもらう。

発表会は、京橋のブリヂストン美術館ホールで行った。

二、東京都管弦楽団団員
指揮　芥川也寸志先生（故人）
発表会は、東京文化会館（上野）　練習リハーサル室B

三、歌謡教室　指導は公民館と自宅

多かった時は、十数教室もあった。

小学校の教員になって、子どもたちに音楽を教えるために正式に勉強し、音大にまで進んだ。そして、早期教育の大事なことを痛切に感じた。

歌の指導

もうだいぶ昔の話だが、ある公民館に、歌の好きな人たちがカラオケ教室を作ってくれないかと頼み込んできた。すると館長は、「カラオケ教室ではなく、歌謡教室をやりたい」と言ったという。

歌謡教室の指導者が必要になったので、それを私に依頼してきた。私は、地区のことだから協力しようと、快く引き受けた。教室は五十名の人が集まった。人前で歌うことが喜びだとか、その理由はわからないが、とにかく彼らは一生懸命だった。

その中に他地区から来ていた人がいて、「自分の地区でもやってみたくなったので、ぜひお願いしたい」と言い出した。隣の地区なので、まあいいやと、軽い気持ちで引き受けた。

そこの生徒はほとんど女性で、約四十名になる。昼間やってほしいと希望してきた。歌に関係したことなら、よほどのことでない限り希望を通してあげたいが、レッスン中に、私の全く知らない私的なことを話されるのはよいものではない。これは困ったことだな、と思いながらも、レッスンは回数を重ねていた。

私は、休憩時間の時、別に意味もなく一人一人の顔を見ていた。すると、私の目はある女性で止まり、引きつけられてしまった。

(そうだ、この人だ。この人なら、りっぱに会をまとめることができる人になるかもしれない)

いつか、話をしてみようと思った。

ついにその日が来た。打ちあけるのは少し勇気が必要だったが、思い切って言ってみた。すると、永島さんというその女性は意外にも同意の気持ちであるように思えた。嬉しかった。そして、この歌謡教室には「すみれ会」と名付けた。会員は三十四名で、男性は三名と、圧倒的に女性が多いが、明るい会ができあがった。

日を重ね、年を重ねて三十八年。世間の音楽グループは内部からの事情で解散してしまうのに、すみれ会は乱れることもなく、永島会長のもと活動を続けてきた。会員の心をまとめるためのひとつとして、旅行を年一回欠かすことなく実施し、十数年も親睦を重ねてきた。

しかし、残念ながら高齢化が進み、すみれ会の人たちも次々と亡くなってしまった。とうとう会員は十名となり、さらに五人となって、その五人も病院通いをしながら、歌を続けるようになってしまった。

だが、続けるには費用が必要である。

「いいんだよ、運営していく費用は心配しなくても、私が出すから続けようよ。お金が目的ではないのだから」

私は真剣にそう思った。

会員が大勢いた頃と同じように、私の誕生日を毎年欠かすことなく祝ってくれた。赤飯を用意して、花束を贈ってくれた。こんな会はあまりないのではなかろうか。

「今日は身体の調子があまりよくないから休みたいと思っても、出席するとよくなってしまう。歌のお蔭かしら」

と楽しそうに歌っている。とにかく、彼女たちは歌を歌うとはどういうものであるかを知っている。

私たちの教室は、発足当時から見ると、だいぶ顔ぶれも人数も変わった。だが、すみれ会以外の教室は、今もって健全な歩みを続けている。

私もまだまだ元気に活動している。

現在、九十歳！　である。

後書き

人は誰でも、あと四、五年で定年だという頃になると、心に動揺を感じるのではないだろうか。私もその一人であった。

その齢になってから管理職になれたとしても、せいぜい三、四年しかない。最悪の場合は一、二年であろう。教頭ともなれば、頭の中は絶えず神経を張り巡らせていなければならない。

はっと我に返った時には、定年後の目標がなんの用意もできていないのだから迷ってしまう。現にそういう人を幾人も見ている。

私は三十歳の時、やがて来る五十代の後半をどう切り抜けるかということを考えてみた。その時点になって自分に特技があったら、迷わず仕事を辞めて、プライドなんて捨ててしまうことだと考えていた。現実に五十四歳を迎えて、その分かれ道に来たのだと思うと、あっさり辞めることができた。

もちろんそういう考えに異論を唱《とな》える人もあるだろう。辞めるということは、自分で自分の首を絞めるというようなものであるから、よく考えなければならないことである。

私は教師を辞めて、店に仕事（経営）に手を出した。変わりものだとかプライドはないのかという声が聞こえてくるようだ。

スナック経営は、よほどの覚悟と度胸が要求される世界だ。しかし、私はそれほどの器《うつわ》ではないけれど、順調に物事が進んできた。かつて音大の同級生に話したように、誰でも気楽に歌うようになるといった方向に変わってきている。おまけに器具や設備まで変わってきている。

私はこの仕事に集中したお蔭で念願とする人物にも出会うことができ、希望が持てるようになった。

また、店を経営するに当たって、なくてはならないママの存在は特に大きく、妻には、ママの上の〝大ママ〟として、対人関係だけでなく、厨房《ちゅうぼう》の仕事にまで頑張ってもらった。本当にありがとう。

私が、本書をまとめることができたのも、家族の協力があったからだと感謝している。

令和二年二月　　小山幸男

著者プロフィール
小山 幸男（こやま ゆきお）
1929年埼玉県生まれ、武蔵野音楽大学卒業（器楽学科・弦楽器専攻）。会社員、小中学校教員を経て、ミュージックパブ経営。公民館等で歌の指導に携わる。
現在、賃貸経営。
公益社団法人日本作曲家協会会員
日本指揮者連盟会員

私、変わりものなんで。

2020年10月15日　初版第１刷発行

著　者　小山 幸男
発行者　瓜谷 綱延
発行所　株式会社文芸社
〒160-0022　東京都新宿区新宿1－10－1
電話　03-5369-3060（代表）
03-5369-2299（販売）

印刷所　神谷印刷株式会社

ISBN978-4-286-21183-1